KB124873

낯선 교실
탐구 생활

낯선 교실 탐구 생활

초판 1쇄 펴낸날   2022년 6월 1일

지은이   정지은
펴낸이   홍지연

편집   고영완 정아름 전희선 조어진
디자인   전나리 박해연
마케팅   강점원 최은 이희연
경영지원   정상희

펴낸곳   (주)우리학교
출판등록   제313-2009-26호(2009년 1월 5일)
주소   03992 서울시 마포구 동교로23길 32 2층
전화   02-6012-6094
팩스   02-6012-6092
홈페이지   www.woorischool.co.kr
이메일   woorischool@naver.com

ISBN 979-11-6755-054-5   43810

만든 사람들
편집   김선현
표지 디자인   스튜디오헤이,덕
본문 디자인   스튜디오헤이,덕 박태연

마스크 너머로 바라본

낯선 교실
탐구 생활

정지은 글·그림

우리학교

우리는 강을 건너고 있다

내가 손그림을 본격적으로 그리게 된 계기는 좀 웃기다.
블로그에 에세이를 올리다가 왠지 허전해서 그림판
기능으로 그림을 그려 넣었다. 마우스로 엉성하게 그린
그림은 '드로잉'으로 보기도 힘든 수준이었다. 그래도
나는 만족스러워하면서 그림을 넣곤 했다. 그런데 어느 날
갑자기 그 기능이 사라졌다.

what?

why?

그때는 당황하거나 화내고 있을 시간이 아까울 정도로 글을
마구 써 댈 때였다. 급한 나머지 오프라인으로, 그러니까
종이에 펜으로 그림을 그리기 시작했다. 어차피 내
포스팅은 그림이 아니라 글이 주였고 그림은 일종의 '짤방'
같은 개념이었다. 퀄리티에 신경 쓰지 않고 마음껏 올렸다.
그런데 어느 순간 허점이 보였다. 아무리 글이 위주라고
하지만 허술한 그림을 넣으니 글까지 허접해 보여서

속이 상했다. 할 수 없이 그림에 정성을 기울였다. 시작은
그러했으나 그림은 점점 내 생각과 감정을 전달하는 또
하나의 중요한 도구가 되었다.

최근 몇 년간 학교가 직면한 변화는 그림판의 실종 정도에
비할 바가 아니다. 코로나 19로 전례 없는 온라인 수업과
학생 지도가 일상이 되었다. 교사나 학생이나 떠밀리듯 이
변화된 플랫폼에 적응하느라 정신이 없었다. 혼란과 혼돈이
이어졌다. 시작은 그러했으나 이 거대한 변화에는 점점

긍정적인 것들도 깃들기 시작했다.

예를 들어 학생과 교사가 서로를 파악하는 데에 예전보다 몇 배로 긴 시간이 필요해져 어려움이 많았다. 그런데 몇 달이 지나도 여전히 서로가 낯설다 보니 자연스럽게 예의를 갖추어 대하게 되었다. 학생과 교사뿐 아니라 학생들끼리도 조심스럽게 대하는 현상이 두드러졌다. 쉽게 친밀해질 수 없다고 생각하면 부정적인 현상이지만 타인에 대한 존중과 예의가 뉴노멀이 되는 중이라고 본다면 긍정적인 변화가 아닐까.

얼굴 반쪽만 내놓고 살아야 하는 이 사태는 분명 병적이지만 동시에 이전에는 없던 놀랍고 매력적인 것을 탄생시키겠지. 코로나 사태가 종식된다 해도 학교는 이전과 전혀 달라질 듯하다. 그것도 이것저것 조금 달라지는 정도가 아니라 본질적인 변화가 일어날 것이다. 커다란 부정성과 긍정성 사이에서 어떤 스토리가 펼쳐질까. 어떤 구질구질한 것들과 숨 막히게 멋진 것들이 함께 다가올까.

우리는 하나의 강을 건너고 있다. 우리가 다다를 곳이 어떤 곳일지는 모르겠지만, 강을 건너기 전과는 매우 다른 곳일 것이다.

1부
오랜만이야

복도 낙서

코로나 확산으로

전교생이 원격 수업을 받는 기간이 이어졌다.

복도는 소독 작업을 하는 방역 요원들이

이따금 눈에 띌 뿐 휑했다.

문득 사물함 위 벽에 그려진 낙서가 눈에 띄었다.

장난스러운 내용과 그림들을 보니

한 명이 아니라 여러 명이

시간 차를 두고 한 낙서임을 알 수 있었다.

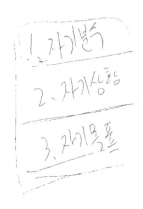

낙서를 한 학생들의 떠들썩한 소리가 들려오는 듯했다.

이렇게 오래 학생들은 단 한 명도 없고

교사들만 있는 학교 풍경은 비현실적이다.

학생들의 낙서가 마치 고대 유물같이 느껴졌다.

그 애들이 여기 있었던 게

아주 먼 옛날 옛적의 일처럼 아득했다.

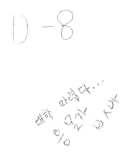

온라인 클래스 키즈가 온다

우리 반 S에게서 문자가 왔다.

"선생님 여쭈어볼 게 있는데요……."

'여쭈어볼 게 있는데요'라고?
K와 P가 보낸 개인 톡의 내용이나 문자의 문체도 놀라웠다.

"아까 학교에서 여쭤보지 못해서 죄송하지만……."
"선생님, 혹시 통화 괜찮으실까요?"

학생들이 문제에 봉착했을 때 하는 질문이라면 "아, 쌤, 왜 안 되죠?" "안 되는데요." 같은 형태가 낯익다. 예의를 갖춰 말하는 학생들도 있었지만 주어 생략, 정황 생략인 상태로 다짜고짜 묻거나 지극히 짧고 드라이한 항의가 훨씬 더 많았었다.
온라인 커뮤니케이션이어서일까. 대면 수업을 해도 몇 개월 동안 눈과 눈썹만으로 상대를 알아보는 나날이 지속되서일

까. 학생들은 확실히
예의 바르게 대화를 시
작했다. 누구랄 것도 없이
거의 모든 학생들이 놀라울 정도로
교양을 갖춘 언어로 말을 걸어왔다.

이런 현상은 교사 쪽에서도 마찬가지였다. 학생이 과제를 제대로 제출 안 하고 온라인 클래스에 접속 못 한다고 해도, 얼굴 한 번 제대로 본 적이 없기에 쉽게 판단하기 곤란해졌다. 저마다의 사정이 있다는 당연한 사실을 아주 직접적으로 경험하게 됐다. 이전이라면 기본으로 생각했던 학생의 건강 상태를 신경 쓰고 왜 수업을 듣지 못했는지를 진지하게 묻고 듣는 나날이 펼쳐졌다.

비대면 문자나 전화 통화가 주를 이루는 관계는 이루 말할 수 없는 답답함을 유발했다. 하지만 예상 밖의 묘한 훌륭함

도 경험할 수 있었다. '아, 답답해 미치겠어.' 하다 말고 생각
했다. 물리적 환경의 변화로 인한 이 새로운 관계와 대화 방
식은 어쩌면 우리를 새로운 세계로 데려갈 수 있겠구나.

대면 수업의 장면

핵습지 재료 탐귀 해샐 영생…….

한국사 과제 안내를 공들여
바꿔 놓은 칠판 글씨를 본다.
나 말고도 실없는 인간이
있다는 사실에 안도감이 든다.

엘리베이터에서 마주치는
올 블랙 차림에 무표정인 길쭉한 청소년이
교실에서는 이렇게 실없는 짓을 하는
미성년자일 수 있다.

이 사실을 일반인들은 쉽게 상상하기
어려울지도 모른다.

빼앗긴 들에도 봄은 오는가?

마스크가 이분들에게서 빼앗은 것.

기초 학력?
노!
수학여행 가서 친구들과 인생 사진 남기기.
졸업식 날 꽃다발 푸짐하게 받기.
수업 시간에 매점 빵 몰래 먹기.

동아리 선배에게 혼나서 억울해하기.

축제 때 정신 줄 놓기.

수포자가 체육 대회 때 에이스 되기.

복도에서 까불거리면서 떠들다 벌점 받기.

급식 먹으면서 미친 듯이 수다 떨기.

점점 너무나 조용해지는 이분들에게

자그마한 애착 인형은 필수템이 돼 간다.

너의 이름은

급식 지도 중이었다.
쌤, 저 누군지 아세요?
당연하지.
엇, 그럼 제 이름도 아세요?
그럼.
제 이름이 뭔데요?

음…… 어…… 음…… 너…… 음…….
네 이름은 까먹었지만
분명히 너는 알아.
에이…… 쌤, 저 모르시죠?
아니야, 나 너 누군지
분명히 안다니까.

이름을 잊어버린 주제에
분명히 알고 있다는 게
어불성설이지만
진짜 그런 마음이었다.
K가 뒤돌아서 몇 걸음 걸어간 순간
K의 이름이 정확히 떠올랐다.
하지만 "너 ○○○이잖아."라고
자랑스레 말하기엔 이미
거리가 애매해졌다. 거참…….

우리가 빛의 속도로 갈 수 없다면

학기 초 어느 날이었다.

복도에서 마주친 N이 낯선 질문을 했다.

"선생님, 부탁드릴 게 있는데요……. 혹시…… 교무실에 냉동고가 있나요?"

"냉동고? 냉동고는 왜?"

보통 학생이 교사에게 교무실 냉장고 얘기를 꺼내는 경우는 두 가지다. 하나는 친구 생일이라서 케이크를 샀는데 보관해 주실 수 있느냐는 부탁이다. 그게 아니라면 학교 축제 때 쓸 음료수나 얼음을 보관해 주십사 하는 것이다.

그런데 N이 나에게 내민 것은 얼음 트레이도 아니고 생일 케이크도 아니었다. 내가 문학 시간에 수행 평가 과제로

읽으라고 했던 책이었다. 그가 내민 책 『우리가 빛의 속도로 갈 수 없다면』은 서정적인 분위기의 표지는 그대로였지만, 내지의 상당 부분이 물에 젖어 우그러져 있었다. 산 지 얼마 되지 않아 물을 엎질렀다고 했다. N이 알아보니 물기를 최대한 제거한 뒤 냉동실에 넣어 얼린 다음 한 장씩 떼어 내면 종이 상태가 좋아진다고 했다.

"그래? 정말 그렇게 되는지 궁금하네."

N의 책을 냉동실에 넣으려니 희한한 기분이 들었다. 일곱 편의 SF 소설이 실려 있는 그 책에는 흥미롭고 매력적인 인물이 다수 등장한다. 파스텔 톤의 양장본 속에서 숨 쉬고 있을 그들을 냉동고에 넣는 기분이 묘했다.

사람들의 기대를 저버리고 말도 안 되는 선택을 한 여성 과학자 재경은 무사할까. 유토피아를 건설한 어머니를 찾아 떠난 올리브는 냉동고에서 괜찮을까. 인류에게 인간다움을

가르친 외계 존재를 그리워하던 류드밀라는? 최초의 발견자가 그토록 지키고자 했던 멋진 생명체 루이는?

그들이 누구인가. 보통의 존재라면 견딜 수 없는 일을 감내하고라도 사랑과 아름다움, 우주의 신비를 추구하려던 존재들이다. 그러니 교무실 냉동고 정도의 냉각에는 끄떡없을 거야.

코로나 때문에 출근도 수업도 아슬아슬하고 긴장되던 때였지만 나는 잠시 모든 것을 잊을 수 있었다. 냉동실 문을 열며 막연한 두려움과 긴장감이 희미해졌다. 미지의 세계가 주는 낯섦과 불편함에 대해 거부감보다 도전 의식과 흥미를 느끼던 오래전으로 잠깐 돌아간 것 같았다.

책을 좀 얼려 달라니, 간절한 부탁을 건조하면서도 교양 있게 요청하는 학생이라니……. 나도 내 일에 최선을 다하고 정성을 기울이고 싶어졌다. 빛의 속도로 갈 수 없다 해도 괜찮을 것 같았다.

2021학년도 수능 D-5

야, 너도 수능 날 마스크 두 개 쓸 거야?

아니. KF-94 쓰면 되지 않나.

밥 먹고 양치할 시간 될까? 그대로 마스크 쓰면 으으윽…….

일생일대의 날을 준비하는 것만으로도 벅찰 텐데

마스크까지 신경 써야 하는 젊은 분들이다.

나에게도 너에게도 용기가 필요하다.

우리에겐 모두 용기가 필요하다. 많이 필요하다.

#2021수능준비 #마스크쓰고수능보기는 #처음이라

교실 X-ray

- 일시: ○월 ○일 4교시　　• 장소: 체육관

　체육과 연구 수업에 참관하실 선생님께서는 회신 바랍니다.

가겠다고 얼른 회신했다.

문학이나 문법 시간에만 봤던 학생들이 체육관 농구 수업에서는 여러모로 다를 거라고 예상은 했지만, 상상 이상이었다. 내 수업 시간에는 늘 엎드려서 무기력한 모습만 보여줬던 J와 T가 농구 코트에서는 날아다녔다. 반면 K는 아장아장 걸어 다니며 공 한 번 만져 보지 못하고 있었다. 그는 문학 시간에 완전히 몰입해서 수업에 참여하며, 예리하고 수준 높은 질문도 종종 하는 우등생인데.

체육관 농구 수업의 광경은 말하자면 X-ray 사진 같았다. 일반 사진에서는 보이지도 않고 중요하지도 않은 뼈가 절대적 요소라는 점에서, 그리고 일반 사진에서 중요한 표정이나 피부 상태 같은 건 X-ray에서는 전혀 안 보이고 중요하지도

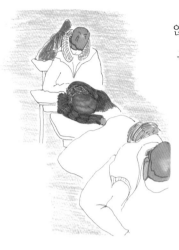

않다는 점에서.

문학 수업과 체육 수업의 에이스는 높은 확률로 거의 정반대였다. 문학 수업 때는 눈에 띄지도 않던 아이가 농구 코트에서 빛나는 에이스로 활약하는 모습은 감동적이었다. "사람은 누구나 잘하는 게 다른 법이죠."라는 식의 관념적 지식을 실제로 목격하니 정말 으리으리했다.

경기가 끝나자 팀의 우승을 이끈 J와 T가 유머러스하고 자신감에 찬 세리머니를 선보였다. 문학 수업 시간에는 늘 무표정이었던 둘은 완전히 다른 사람 같았다. 백 퍼센트 생생하게 살아 있는 표정의 J와 T는 내가 알던 학생이 아니라 처음 보는 사람들 같았다. 그 순간만큼은 J와 T보다 멋진 청소년은 없었다.

다음 문학 시간이 되었을 때 J와 T는 평소와 달리 엎드려 있지 않았다. 농구 코트에서 보여 준 멋진 표정과 살아 있는 눈빛으로 내게 알은척을 했다. 그건 자신들의 X-ray 사진을 본 선생, 자신들의 멋진 뼈 모양을 알게 된 선생에게 느끼는 친근감 때문일 거로 생각한다. 물론 5분 정도 지나자 둘은 언제 그랬냐는 듯 엎드려 잤지만.

마스크 세상이 펼쳐지고 체육관이 한동안 폐쇄됐을 때 전국의 J와 T는 어떻게 지냈을까. 그 튼튼하고 훌륭한 뼈들은 안녕할까. 걱정됐지만 너무 걱정하지는 않기로 했다. 남다른 X-ray적 세계가 있는 J와 T에게는 남다른 비책이 있을지도 모르니.

지치지 말자 우리

"혹시 너무 열심히 공부하
면 100점 넘을까 봐 이렇
게 떠드는 거야? 내일이 시
험인데?"

시험 하루 전날에도 옆에 앉은 친구들과 너스레를 떨어 가
며 즐거운 시간을 보내는 S에게 말했다. S는 반짝거리는 자
그마한 눈을 금세 초승달 모양으로 만들면서 웃고는 "에이,
쌤. 그럴 리가요." 했다. S는 최상위권 학생들 가운데 특히
넉살이 좋은 녀석이다. 시험 기간이 다가올수록 예민함을
감추지 못하는 보통의 최상위권 학생과 달랐다. 가끔 10년,
20년이 지나면 어디서 어떤 사람이 되어 무얼 하고 있을지
궁금한 학생이 있는데 S도 그에 속했다.

그러던 어느 날.

자습 시간에 문득 S를 쳐다보니 무릎 담요를 단정하게 펴서 덮고 곤히 잠들어 있었다. 그 풍경은 몹시 낯설었다. S는 결코 교실에서 잔 적이 없었기 때문이다. 늘 공부를 열심히 했고 예리하고 흥미로운 질문을 던졌으며 친구들과 즐겁게 잡담을 주고받기도 했다. 한 번도 지쳐 보이거나 엎드려 잔 적이 없었다. 언제나 주변 사람들에게 먼저 다가가는 그의 비결은 뭘까. 성격? 타고난 기질? 지적 능력? 그보다는 '다정도 체력'이라는 말이 떠올랐다.

그런 S도 오래 마스크를 쓰다 지쳐 버린 것일까.

S의 희귀한 모습을 보고 나도

잠시 다정해졌다. 다정도

체력이다. 지치지 말자.

우리 상하지 말기로 해.

1.1배속의 기적

수업 영상을 편집하는데 말소리가 느려서

좀 답답하게 느껴졌다.

그래서 1.1배속으로 돌려 보니 딱 좋았다.

너무 빨라서 경박한 느낌을 주는 구간도 생기고 말았지만,

전반적으로 텐션 있게 들려서 훨씬 나았다.

2배나 3배, 혹은 10배가 좋아야 하는 게 아니었다.

그저 10퍼센트 개선된 것만으로도

생각보다 결과는 훨씬 좋아질 수 있었다.

시간이 몇 신데

아아악 ～～

학생건강자가진단

아직도 97% 야 ～～

잠에 빠진 게
저는
아니잖아!?

하루 24시간이

나만 48시간, 36시간이면 좋겠다고 생각할 때가 있다.

하지만 실제로는 24시간의 10퍼센트인

2시간 30분 정도만 더 자유로워도

매우 괜찮아지는 것이다.

2부

달라졌네

이럴 수가

배우 윤여정 님은 70대의 나이에도 대본을 완벽하게 외우고 프로그램 속 게스트하우스에 방문하는 외국인 손님 이름까지 전부 외운다. 나는 교사인데 5월이 되도록 여태 내가 가르치는 학생들 이름도 다 못 외우고 앉았네. 어느 날 그런 생각이 들어 내가 부담임인 반 학생들 이름이라도 외워야겠다고 마음먹었다.

중간고사 감독을 하면서 애들이 얌전히 있는 틈을 타 한 명씩 뚫어져라 쳐다보며 이름을 외우기 시작했다. 얼굴이 마스크로 절반 이상이 가려져 있는 데다가 시험 보느라 다들 고개를 숙이고 있어서 얼굴을 알아보기가 힘들었다.
그런데 갑자기 깨달았다.
한국식 이름은 교사 입장에서는 신이 내린 축복이라는 사실을.

생각해 보자.

무라카미 하루키

델로니어스 몽크

틸다 스윈턴

이자벨 위페르…….

외국 이름은 이런 식으로 음절 수가 매우 길다.

그런데 한국 이름은?

99퍼센트가 3음절이고 운이 좋으면 2음절도 있지 않은가.

배철수

윤여정

현진건

김영하

김초엽…….

뭐야, 외우기 훨씬 좋은 조건이잖아!

너의 모습은

2학기 어느 날, 급식 지도 당번인 날이었다.

급식실에 간 나는 예기치 못한 광경에 놀라고 말았다. 모든 학생이 마스크를 내리고 맨얼굴로 급식을 먹고 있었다. 밥을 먹으려면 당연히 마스크를 내려야 한다. 하지만 코로나 시국이 된 이후로 학생들의 맨얼굴을 볼 일이 없던 나는 그 풍경에 순간적으로 놀랐다. 밥과 반찬을 꼭꼭 씹어 먹는 학생들의 모습이 아주 새롭게 느껴졌다.

군데군데 내 수업을 듣는 학생들도 보였다. 분명히 아는 얼굴이긴 한데 동시에 낯설었다.

중저음의 젠틀한 목소리로 예리한 질문을 던지곤 했던 M.

급식실에서 보니 진중
한 눈매와는 대조적으로
날렵하고 귀여운 하관의 소
유자였다. 보일 듯 말 듯 한
눈웃음이 인상적인 새침한 성격의 S는 얼굴 전체를 보니 의
외로 턱선이 둥실둥실한 부드러운 인상이었구나. 저쪽에 앉
아 있는 눈빛 강렬한 무리도 눈에 띈다. 얼굴이 다 드러나니
강한 기운이 더욱 세차게 뿜어져 나왔다.

잠시 마스크를 벗고 자유로워진 아이들의 입안으로 밥과 돈
가스와 김치가 들어가는 모습은 경이로웠다. 예전에는 당연
했고 아무렇지도 않았던 모습이 신선한 감동을 주었다. 서
로 얼굴 반쪽만 보여 주는 채로 시간이 흘러간다. 그래도 이
젊은 분들은 잘 먹으면서 무럭무럭 자라고 있다.

마기꾼들

마기꾼 제자와 마기꾼 선생

마스크를 벗으면 누가 가장 놀랄 것인가.

오늘의 스타일링

넘쳐 나는 머리카락을
이렇게 저렇게 대충 핀으로 고정했다.
공부에 전념하기 위한
헤어 스타일을 바라본다.

코로나 시대에도 멋짐은 계속된다.

#drawing
#10대오리엔탈리즘 #이라고해도
#멋진걸어떡하라고

정성껏 말하기

그동안 잊고 있던 마그리트의 작품 〈콜렉티브 인벤션 collective invention〉이 떠올랐다. 우리는 인어라고 하면 당연하다는 듯이 상반신 인간에 하반신 물고기의 모습을 떠올린다. 그러나 지구 바닥 끝까지 시니컬하고 짓궂은 마그리트는 "대체 왜?" 하며 가운뎃손가락을 올린다. "자자, 여러분, 인어에 관심 있으십니까? 이것도 인어입니다만?"

시작부터 마스크를 쓴 채로 관계를 맺은 양띠들과 나. 무슨 말을 하건 상대의 눈을 깊게 들여다본다. 얼굴의 반쪽만으로 상대를 파악해야 하기에 빤히 본다. '빤히'라기보다는 '지그시'가 맞을까. "너 이번 주 주번이야."라든가 "여기도 쓸어야지." 같은 말도, "나는 네가 훌륭한 사람이라고 내내 생각해 왔어."라고 말하듯이 정성껏 말할 수밖에 없다.

학생들도 비슷할 것 같다. 쉽게 친해질 수 없는 구조이다. "지우개 좀 빌려줄래?" 같은 말도 "오래전부터 널 지켜봐 왔어."라고 말하듯이 눈을 동그랗게 뜨고 조심스레 최대한 잘 들리도록 말하고 있는지도 모른다.

아무튼 지금까지 한 번도 존재한 적 없던 독특한 미학을 지닌 커뮤니케이션이 곳곳에 존재하게 됐다.

눈을 지그시 바라보며 최대한 귀 기울여 들을 수밖에 없는 조심스러운 태도. 답답하면서도 한편으로는 이런 생각이 든다. 실은 이 정도로 충분한 게 아닐까. 섣불리 남 일에 두 손 두 발 담그지 않고 조심스럽게 다가가도 충분하지 않을까.

기괴한 상상도 해 봤다. 만약 가려야 하는 부분이 얼굴 하관이 아니라 반대라면 어땠을까. 사람들은 오히려 전보다 더 무례해지지 않았을까. 으악! 몸서리가 난다. 상상했어. 눈빛을 들키지 않고 시원하게 트인 입으로 막말을 내뱉는 갑남을녀.

생각지도 못했던 사람

교무실로 누군가가 들어와 뭐라 뭐라 하는데
그의 목소리가 잘 들리지 않았다.
아주 앳된 얼굴에 산뜻한 패딩 차림이었다.
누가 봐도 신입생 같았다.

"저 저기…… 태블릿이요……."

"응? 태블릿? 태블릿이 뭐?"

"태블릿 연결이……."

마스크 때문에 그의 목소리는 잘 들리지 않았다.

"뭐라고?"

"어…… 저기…… 태블릿을……."

"1학년이니? 신입생이니?"

우리들은 계속 질문해 봤지만 그가 원하는 것이 무엇인지 알 수
없었다.
그때 다혈질 열정 교사 Y가 자리를 박차고 일어나 외쳤다.

"야, 너 말이야. 질문부터 똑바로 다시 해 봐. 안 들리잖아!!!"

그로부터 약 1~2분 뒤 우리들은 모두 몸 둘 바를 모르게
되었다.
그는 학생이 아니라 젊은 전입 교사였던 것이다.

adidas는 어디에

선잠 든 듯한 R의 가슴팍에
알파벳이 보였다.
　알파벳들은 R이 뒤척일
　때마다 조금씩 바뀌었다.
　처음엔 ida였는데 das가
　됐다가 adidas로 바뀌었다.

내가 보는 R의 모습도, R이 보는 나도 그렇겠지.

우리는 서로에게 자신을 조금씩만 보여 준다.

그 조금의 모습으로 오해도 하고 이해도 하고 사랑도 한다.

외계인과의 마라톤

2020년 어느 날. 체육 교사 Y는 독특한 건강 관리 프로그램을 기획했다. 일단 에세이 『달리기를 말할 때 내가 하고 싶은 이야기』를 통독해야 한다. 그러고서 각자 자신만의 달리기 10회를 기록한 뒤, 정해진 날 함께 10킬로미터를 뛰는 전개였다. 코로나 때문에 온전한 얼굴을 본 적 없는 학생들이 마스크를 쓰고서 한 명 두 명 모였다. 체육과 Y와 H, 그리고 열의만 앞선 비 체육인(나 말이다)이 먼저 도착해 학생들을 맞이했다.

오프라인 등교가 계속 미뤄져 5월에야 처음 만났던 귀한 학생들이다. 날씨가 제법 추워지던 10월의 토요일 아침이었지만 신청한 학생들은 거의 다 왔다. 10킬로미터 마라톤 대회에 몇 번 나갔고 5킬로미터 정도는 자주 뛰어 왔지만, 내가 열여덟 고등학생들 그리고 체육 선생님들과 달리기를 하다니.

체육 교사 Y는 선두 그룹이 될 리 없는 나를 페이스메이커로 찍었다.(이로써 '내가 10년만 젊었어도 마라톤 대회 페이스메이커에 도전하는 건데' 타령은 그만하게 되었다) 운동을 잘하는 건장한 학생도 있지만, 한 번도 달리기를 제대로 해 본 적이 없는 학생도 섞여 있다는 점을 고려한 것 같았다.

아, 내가 페이스메이커라니. 엄청난 설렘과 함께 부담감이 밀려왔다. 하지만 부담감은 곧 사그라들었다. 느려 터진 내 페이스를 도저히 감당할 수 없었던 남학생들이 나를 시원하게 추월했기 때문이다. 뭐, 내가 체육 선생도 아니잖아? 나는 부담감을 싹 털어 버리고 자연에 나를 내맡겼다. 숨이 차고 다리가 뻐근했지만 유쾌했다. 한강에 도착한 우리는 한숨 돌린 후 각자의 컵라면에 물을 부어 최고의 라면을 만끽했다.

정서나 언어가 너무 다른 고등학생이 외계인처럼 느껴질 때가 있다. 내 말의 의도가 제대로 전해지기는 하는 걸까 의심스러운 순간도 있다. 그런데 교내 마라톤 대회가 열린 날, 우리는 학생들과 거의 말을 할 필요가 없었다. 그저 열심히 뛰고 맛있게 각자의 라면을 먹었다. 온라인이 아닌 현실 세계에 모여 말없이 시간과 공간을 공유했다. 그 효과는 대단했다. 정확히 어떤 효과였을까. 위안? 후련함? 즐거움? 자연스러움?

고민하다 결론을 내렸다. 꼭 언어화할 필요는 없다고.

비 오는 날의 아슬아슬

겨우 출근해서 만난
겨우 등교한 학생들의
겨우 걸려 있는 우산.

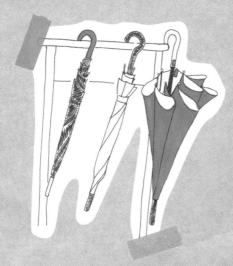

약간의 바나나 우유

우리 모두에겐 약간의 바나나 우유가 필요하다.

건강식품을 가장한 달콤한 어떤 것.

갖춰 놓고 공부하고 싶었어요

휴대형 선풍기와 눈에 띄
는 개성 만점 필통, 다채로
운 필기구를 엄선하여 들고
다니는 Q가 그날따라 눈에 띄었다.

수업이 시작되면 Q는 공부 환경과 도구를 최적화해 놓고서
은은한 뿌듯함이 서린 표정으로 앉아 있다. 그러나 잠시 후
눈빛이 흐려지다가 꾸벅꾸벅 졸곤 한다. 정성스레 갖춰 놓
은 환경 속에서 잠이 들어 버린 광경이 몹시 안타까워진다.
그럼 Q의 수업 준비는 쓸모없는 것일까. 놀라운 친화력, 유
머, 농구를 즐기는 능력, 훤칠한 키, 자연스럽고 부드러운 표
정 등 수많은 그의 면모를 떠올려 본다. Q의 다면적 강점을
생각하면 고개를 젓게 된다. 자기가 하려는 일에 정성을 기
울이는 태도와 능력은 당장이 아니더라도 머지않은 미래

에 빛을 발할 것이다. 성적은 중위권이지만 그는 크게 될 인물이 분명하니. 크게 될 인물이 필요한 잠을 자는 것은 중요하지만 나는 굳이 그를 불러 깨운다. 장차 훌륭한 사람이 될 자가 인간의 갈등을 다루는 소설을 이해하는 것도 수면만큼이나 중요하므로.

"이 대사는 Q가 읽어 보세요. 여자가 고민 끝에 자기 본명을 밝히는 부분이니까 다른 대사와 분명히 톤이 다르겠죠?"

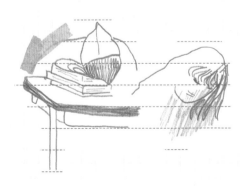

어떤 잔인함

9월 전국 연합 학력 평가.

교탁에 놓인 수정 테이프마저 지쳐 보이는 4교시 탐구 영역 시간에 시험 감독 중이었다. 나는 "자, 이제 2 선택 과목을 풀 시간입니다."라고 말했다. 그러나 두 손을 다소곳이 책상에 올려놓은 J의 시선은 창밖을 향해 있었다. 창밖으로부터 찬란하다는 말이 딱 어울리는 느낌으로 햇빛이 쏟아졌다. 뮤직비디오에 자주 등장하는 특수 효과처럼 시원한 바람이 쉬지 않고 불어와 교실 커튼이 아름답게 나부끼고 있었다. 과장하자면 첫눈 올 때처럼 설레는 광

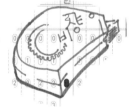

경이었다. J는 지긋지긋한 시험을 보는 도중에 두근거리는 풍경을 딱 포착하고 만 것이다. 시간이 지날수록 아예 턱을 괴고 그날의 아름다움을 감상했다. 창문 바로 옆자리에 앉은 남학생 L도 햇빛과 바람을 하염없이 바라보고 있었다.

마스크를 쓰고 아침부터 오후 4시
가 되도록 문제를 풀어야 했던 J와
L에게, 햇빛과 바람은 아름다움
이었을까 잔인함이었을까.

대답을 하라고요?

학년 교차 등교를 할 때였다. 구글 미트로 출석체크를 했다. 입장하는 학번만 체크해도 되지만 확인을 위해 굳이 이름을 부르기로 했다. 그런데 희한한 현상이 일어났다. 이름을 부르면 대체로 마이크를 켜서 "네." 하고 대답을 하는데 채팅창에 "네."를 입력해서 대답하는 학생들도 꽤 있었던 것이다. 지극히 짧은 1음절 "네."마저 목청으로 내는 것을 기피하는 청소년. 이들의 태도에 문제가 있는 것일까?

사실 낯선 사람을 한꺼번에 만나는 상황은 인간에게 익숙한 것이 아니다. 인류 역사 전체를 생각했을 때 나를 잘 아는 가족이나 부족 내 구성원이 아닌, 이방인들을 몇십 명씩 만나는 것은 자연스러운 일이 아니다. 산업화 이후 고향을 떠나 대도시로 사람들이 몰리면서 생면부지의 존재들을 무시로 만나는 시대가 펼쳐졌지만, 나를 잘 아는 사람들에 둘러싸여 살아온 인류의 역사가 비할 바 없이 길다.

많은 사람들이 대면 대화나 전화 통화보다 카톡이나 문자로
하는 텍스트적 상호작용을 훨씬 편안해 하고 있음이 코로나
시대에 새삼 입증되고 있다. 기술과 매체 환경이 받쳐주니
사람들의 본능에 따라 소통 방식이 재편되고 있는 것이다.
이 현상은 지긋지긋한 역병이 끝나도 이어질 것 같다. 문자
가 귀하던 시대에는 말로 할 수밖에 없었던 것
들이 이제 제자리를 찾아가
리라. 소중하고 한정적인 '입
말'과 '육성'은 그만한 가치가
있고 꼭 그렇게 주고받아야만
하는 한정적인 대상, 한정적인
경우에만 쓰이게 되겠지.

내 나이 열일곱

'내 나이 열일곱(열여덟)'을 주제로 한 그림 중 두 점이 눈에 띄었다. 너무 대조적이기 때문이었다. 하나는 태어날 때부터 지금까지의 자신을 점점 성장하는 모습으로 그린 그림이었다. 진로나 인간관계와 관련한 주요 계기가 된 시점들을 담았는데, 현재 모습은 메달을 쥔 채 활짝 웃고 있는 얼굴이었다.

또 다른 그림도 비슷한 형식이었지만 그 안에 담긴 메시지가 정반대였다. 주요 변곡점이 되는 시기마다 뜀틀이 있는데, 그 앞에 선 사람이 성장함에 따라 뜀틀의 높이도 점점 높아졌다. 학생 자신으로 보이는 뜀틀 앞의 사람은 어렸을 때나 성장했을 때나 당황스러워하는 모습이었다.

코로나 때문에 대면 수업과 다양한

활동이 극도로 줄어들었고 학생들과의 개별적인 상호작용도 대폭 줄었다. 그래서인지 학생들을 일상적으로 보면서도 '10대 청소년'이라는 식으로 관념화하고 있었나 보다. 마스크 너머로 잠깐씩 만나는 학생들을 보며 '씩씩하고 이뻐서 좋겠어.' '앞길이 창창하구먼.' 하다가 두 그림 앞에서 흠칫 놀라고 말았다. 이들이 그저 '10대 청소년들'이 아니라 '김철수', '이영희', '홍길동'임을 처음 깨달은 사람처럼.

당연한 말이지만 10대 고등학생이라고 다 기운 넘치는 것이 아니고, 젊다고 마냥 좋기만 한 것도 아니다. 반대로 미성년자라고 다 불안하거나 학교 다니기가 모두 괴로운 것도 아니다.

사람은 누구나 저마다의 멋짐과 동시에 힘듦이 있다. 고등학생도 마찬가지다.

아직도 화요일이야?

무려 4샷이 들어가는 스타벅스의 바닐라 플랫 화이트.

그동안 나는 커피를 잘못 마셔온 것일까.

4샷 정도는 돼야 아침에 기분이 산뜻해지는구나.

새로운 메뉴로 시작해 본 오늘은

엔딩도 보통 날과 완전히 다르게 가고 있다.

오랜만에 새벽이 아닌 밤늦게 할 일을 하고 있다.

아직도 화요일이라는 사실을 믿을 수 없어 하면서.

7분짜리 유튜브 영상도 100퍼센트 집중하기 힘든 시대에

10대 청소년이 무려 50분짜리 내 수업을 듣는다.

이렇게 생각하면 문득 오싹하다.

스물대여섯 명 가운데 대략 열 명 정도는 집중하는 것 같다.

팩트 체크를 한다면 다음 둘 중 하나일 거다.

내가 그만큼 대단한 사람이거나

'열 명'이라는 추측이 완전히 착각이거나.

이러나저러나 오싹한 밤이다.

자정 전엔 자고 싶다.

3부

변함없구나

시냇물

졸 려서
 졸 았어요.
졸 라 죄송해요.

get up stand up stand up for your sleep

책상에 엎드려 자는 J의 후디에 'GET UP'이라고 씌어 있었다.
'일어나'라고 하는 옷을 입고 푹 잔다.
문득 밥 말리의 노래 가사가 떠올랐다.

get up stand up

stand up for your right

get up stand up

stand up for your sleep…….

멋대로 개사해서 부르다 보니 나도 잠이 솔솔 왔다.

에라 모르겠다 |

오늘은 나도
에라 모르겠다.

에라 모르겠다 2

네 성적에 잠이 오니?

아, 그럼요~!

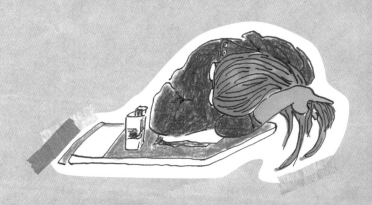

참을 수 있는 잠 vs 참을 수 없는 잠

재해가 인재와 자연재해로 나뉘듯

잠도 그렇다.

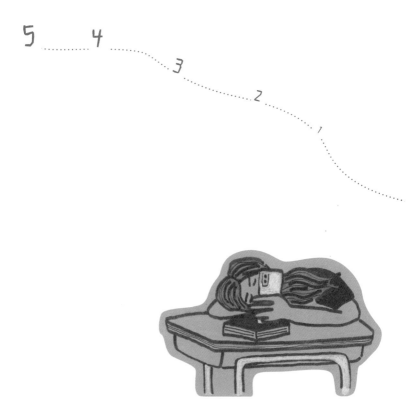

5 ...... 4 .... 3 .... 2 .... 1 ....

오늘의 능수능란함

졸리다

[i] 「동사」 자고 싶은 느낌이 들다.

- 졸리고 피곤하다.
- 아마 밤을 새웠으니까 졸려서 어디로 자러 가는
  모양이었다.《이광수, 흙》
- 밤낮을 가릴 것 없이 아무 때나 졸리면 되는대로 쓰러져
  자고 잠이 깨면 미완성된 화폭을 물끄러미 들여다보고
  있는 것이었다.《주요섭, 미완성》

[ii] 「형용사」 자고 싶은 느낌이 있다.

- 나 지금 정말 졸려.
- 어젯밤 잠을 설쳤더니 졸려 죽겠다.
- 학생들의 졸린 표정을 보니 안쓰럽다.

친구와의 수다는
안 졸립니다?!?

헷갈리는 품사의 통용 가운데 지존은 아마
'졸리다'일 것이다.
뜻풀이와 용례를 봐도 어떤 때 형용사로 쓰이고
어떤 때 동사로 쓰이는지 구별하기 힘들다.
어느 정도여야 '흐린 날씨'로 볼 수 있는지
판단하는 문제나 다름없다.

기말고사 걱정

기말고사 걱정되니까

우리 일단······.

우리 사이

우산 빌려주는 사이.
시청각실 같이 가는 사이.
떠들다가 혼나는 사이.

시험 기간에 꼭
해야 할 일 열 가지

책상 정리.

알림 문자 확인.

폰 사진 정리.

바나나 우유 사러 가기.

바나나 우유 마시기.

마스크 색상 알아보기.

휴대폰 액정 닦기.

안경 균형 맞추기.

친구 공부하나 확인하기.

공부는 왜 해야 하는 것일까 생각해 보기.

졸음 방지 책상의 쓸모

졸음 방지를 위한 키 높이 책상이 종종
학생들의 별장으로 활용되는 점이 웃기다.
나도 별장을 마련해서 푹 자고 싶다.

설마

선생님 뭐 그리세요? 설마 저기,

저…… 패딩 무더기 그리시는 거예요?

#그렇단다 #아니 #대체 #저런건 #왜 #drawing

인생무상 점입가경

'인생무상'이라는 말은 인간의 삶에 일정한 형태가 없고
삼라만상이 끊임없이 변한다는 뜻을 담고 있다.
잠이 와서 몸부림치는 젊은 잠꾸러기들을 본다.
이분들은 언젠가 자신이
불면증으로 몸부림칠 수도 있다는 걸 알까.
그런 건 꼭 알 필요가 없지.
자율 학습 시간에 한 명 두 명 엎어지는 풍경이 점입가경이다.
자, 오늘은 몇 명이나 깨워 볼까.

ASMR의 세계

불면증으로 고생하다가 ASMR의 세계를 알게 됐다. ASMR을 막연하게 '먹방'과 동의어로 생각하고 있었는데, 그 촘촘한 위로와 정성의 세계에 제대로 한 발 들인 것이다. 수면을 위한 빗소리, 장작 타는 소리부터 차분한 목소리로 책 읽어 주는 콘텐츠까지 아주 다양한 ASMR 영상이 있었다. 온종일 학교에서 잠 쫓느라 애쓰는 청소년들을 보다가 밤이 되면 잠 안 와서 미치는 나 자신을 만나는 나날의 연속이었다. 그래도 편안한 곳에 누워 안정감 주는 소리를 듣고 있으면 조금씩 잠이 오기도 했다.

아, 이 영상 소리가 좋은데? 음……. 수업 시간에 자는 학생
들에게 내 목소리와 필기 소리가 '팅글'이 되는 게 아닐까.
그렇다면 좋은 거 아닌가? 얼마나 안정감이 들면 자기 방도
아닌데 무장해제하고 잠을 다 자겠어. 역시 내 나긋나긋한
목소리는 참으로 좋은 것…… 아니야, 안 돼! 뭔 소리를 하는
거냐. 너는 ASMR 크리에이터가 아니라 선생이잖아. 학교
수업은 지식 창출을 위한 것이지 불면의 밤을 위한 책 읽기
콘텐츠가 아니라고. 그러니까 너는 절대…….

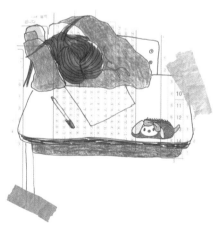

이 생각 저 생각 하다가 콘텐
츠의 끝이 뭔지 모르고 잠이
들어 다음 날이 된다. 잠이 와
서 미치는 사람들과 잠 안 와서
미치는 사람들이 만드는 하루가 밝
아 온다. 전 세계의 수면 ASMR 크리에
이터님들에게 감사하고 나면 나도 이 세상에 도움 되는 인
간이 되고 싶어진다.

일의 기쁨과 슬픔

⟨1⟩

갑 쌤: 선생님은 어쩜 그렇게 감정 기복 없이

늘 평온하세요? 마치…… 뉴질랜드 호수 같아요.

을 쌤: 제가 감정 기복이 없다니요.

오해하고 계신 겁니다.

제가 조용한 건 그냥 기운이 없어서입니다.

〈2〉

갑 쌤: 그러고 보니 쌤 조퇴 달았잖아요.

어머, 미안해요.

조퇴하실 시간이 지난 거 아니에요?

내가 (업무에 대해) 물어본 거 때문에?

을 쌤: (잔잔한 미소) 괜찮아요.

나가면서 눈물 흘리면 돼요.

4부

그렇게, 우리

월요일의 기분

월요일인데 비까지 내리는 거
실화냐?
학교에 오기만 했는데 졸린 거
실화냐?

떡 돌리는 B

B는 넉살 좋기로 유명했다. 온갖 곳에 참견하고 분위기를 띄우는 B는 공부까지 잘했다. 나중에 정치권에서 눈독 들일 인재랄까. 머리만 좋은 게 아니라 넉살 좋고 에너지 왕성한 젊은이 말이다.

어느 날 B는 한 학기 동안 써 온 독서 기록장을 해당 교과목 선생님들께 하나하나 돌렸다. 물론 문학 선생인 나에게도 왔다. B의 기묘한 태도는 뭐라 말할 수 없이 웃겼다. 나는 그 이유를 하루 정도 지나고서야 깨달았다.

생기부에 기록해 달라고 제출하는 독서 기록장은 원래 학생 대부분이 지극히 담담한 태도로 낸다. 가정 통신문 회신서를 내는 것과 큰 차이가 없다.

그러나 B는 아니었다.

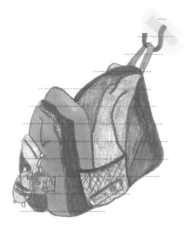

"선생님……? 제가 이번
에 독서록을 좀 써 봤는
데 말이죠……, 이것은 올더
스 헉슬리의『멋진 신세계』를 읽고
쓴 것이고요……, 이것은…… 음…… 하퍼 리의『앵무새 죽이
기』를 읽고 써 보았습니다."

그런 말을 주워섬기면서 선생님께 굳이 한 장 한 장 독서록
을 천천히 펼쳐 보이는 폼은 마치 VVIP에게 오늘의 특선 요
리를 정성껏 설명하는 셰프를 보는 것만 같았다.
좀 더 한국적으로 말해 보자. B는 생기부 기록을 요청하는
고등학생이 아니라 이웃집에 잔치 떡을 돌리는 청년 같았다.

"아주머니, 그간 안녕하셨습니까? 하하! 음…… 이것은 제가 이번에 손수 도전해 본 첫 떡으로서 무지갯빛을 좀 내 보았고요……, 이것은…… 음…… 수수팥떡이라고 하는데 요놈이 은근 감칠맛 돌게 맛납니다. 한번 드셔 보시라고 좀 가져왔습니다."

지극히 사무적인 순간에도 자기만의 깨소금을 쳐 대는 B여.
평범한 순간에 가차 없이 하이라이팅을 하는 네 이놈 B.
유들유들한 B야, 코로나 잘 이겨내라.

M의 팔레트

누가 한 말인지 모르겠지만 대략 다음과 같은 흐름의 조언을 들은 적이 있다.

줄 수 있다고 다 주지 마라.
말할 수 있다고 다 말하지 마라.
먹을 수 있다고 다 먹지 마라.
보여 줄 수 있다고 다 보여 주지 마라.

어제 유난히 그 말이 뼈를 때렸다.
할 수 있다고 다 하다가 바보가 된 것 같은 날이었기 때문이다.
지나치게 약삭빠른 것,
소처럼 일만 하다 번아웃되는 것.
나는 대조적인 그 두 가지를 모두 혐오하는데, 그건 아마 두 가지가 다 내 안에 있기 때문일 것이다. 완벽한 중도까지는 아

니어도 최소한 양극단에 서지는 않도록 늘 안간힘을 쓴다.
그러나 한쪽에 서게 되고야 마는 날이 꼭 있다.

견딜 수 없는 상태로 퇴근한 뒤, 어제 찍은 사진 한 장을 봤
다. 그거라도 없었으면 정말이지 삭제해 버리고 싶은 날이
었을 것이다. 다름 아니라 사생대회에서 찍은 미대 입시생

M의 팔레트 사진이었다. 물감마다 그 아래에 컬러 이름이 정성스러운 서체로 적혀 있고 특히 은박지를 활용한 것이 인상적이었다. 그렇게 하면 작업을 할 때마다 일일이 팔레트를 세척하고 건조하는 수고로움을 덜 수 있다고 M이 말했다.

M은 회색 조의 마커펜들도 다양하게 준비해 왔다. 무언가를 이루는 데 필요한 도구에 투자하고 그것을 적절하게 정비해 놓는 모습은 언제나 감동을 준다. 덕분에 어제는 '털린' 날이 아닌 작고 순수한 감동이 있는 날이었던 것으로 아름다운 결론이 났다.

5성급 교실 어매니티 : 분필의 미학

H의 손길이 스쳐 간 칠판 선반을 보자 나도 모르게 씩 웃게 됐다. 교실에서 반드시 필요하지만 언제나 홀대받는 존재, 분필. H는 누가 시키지도 않는데 매일 아침 분필을 색깔별로 가지런하게 준비해 놓는다.

H가 어째서 매일의 리추얼로서 분필 준비를 선택했는지는 모른다. 분필 준비와 칠판 정리는 주번이 돼도 하기 참 귀찮은 일이다. 하지만 H가 분필과 그 주변을 잘 정리하는 과정은 지루해 보이기는커녕 다정하고 산뜻한 분위기마저 감돌았다. 이제 막 사귀기 시작한 연인을 위해 커피를 내리기라도 하는 것처럼 보이는 뒷모습이었다.

깨끗하게 닦여 있는 칠판 선반과 색깔별로 가지런하게 준비된 분필의 모습은 어느새 내게 큰 위안이 되어 갔다. 새 분필이 종이로 정갈하게 싸여 있으니 위생상 좋고 보기도 좋았다.

그렇다고 왜 마음에 스며드는 위안까지 되었는지, 그 이유

를 처음엔 몰랐지만 몇 주
지나고서 깨달았다.

그건 위생적인 분필의 모습
때문이라기보다 H 때문이었다.

학교에 오면 교사든 학생이든 대부
분 각자에게 주어진 것들을 '해치우게' 된다.

그러나 H의 모습에는 '해치우는' 일을 할 때의 조급함, 일정
한 선으로 유지되는 약간의 짜증이나 권태 같은 것들을 조
금도 찾을 수 없었다. 매일같이 H의 분필을 보면서 나도 나
만의 분필 옷 감싸기를 하나쯤 찾고 싶어졌다. 헐떡이며 해
치우기를 그만두기는 힘들겠지만, 작더라도 정갈하고 우아
한 삶의 태도 한 가지를 찾고 싶어졌다.

어떤 자리에 가든지, 어떤 '밥벌이의 지겨움'에 내던져지든
지 하루의 어느 순간에는 조용히 분필 종이를 오려 내며 자
기만의 콧노래를 부를 듯한 H처럼.

여학생의 시간

A(귓속말로): 야, 생리대 있어? 하나만 빌려줘.
B(역시 귓속말로): 야, 여기.

남자들이 옥상에서 담배 한 대, 라이터 불 한 번 빌릴 때 여자들은 뭐 하냐고? 사나이들이 의리를 나눌 때 여성 동무들은 '여적여'로 인생을 낭비하느냐고?

그럴 리가.

아무리 꼴불견인 사람이 부탁하더라도 생리대를 빌려 달라는 부탁을 내칠 여자는 없을 거라고 본다. "생리대 한 개만."이라고 할 수밖에 없는 가여운 상태를 나 몰라라 할 수는 없다.

(가여운 상태: 망할 대자연 기간인데 아 젠장, 생리대를 깜빡하고 나온 상태)

응당 하나를 건넬 뿐 아니라 대체로 이런 대화가 이어진다.

B(귓속말로): 야, 한 개 더 줄까?

A(역시 귓속말로): 고마웡.

아니, 있을지도 모른다. 생리대 안 빌려주는 여자가. 별의별
인간이 존재하는 게 이 세상이니까. 생리대 여분이 있는데
도 걔가 평소 꼴불견이었다는 이유로 '너 오늘 한번 똥줄 타
봐라.' 하는 마음으로 "어머, 나 없는데."라고 할 여자가.

하지만 그런 행동은 천하의 극악무도한 짓이다. 단체로 빵
먹으면서 왕따시키려고 한 명만 빵을 주지 않는 것보다도
사악한 짓이다.

대자연으로 고생 중인 전국의 여고생 그리고 여고생이 아닌
여자 청소년들에게도 응원을 보낸다.

배 아프고 불편해도 무럭무럭 잘 크길.

K-청소년에 대하여

여학생들은 물론이고 남학생들 가운데 머리를 길게 길러 묶고 다니거나 자연스러운 웨이브 파마를 한 경우도 조금씩 늘고 있다. 7~8년 전쯤 갑작스럽게 두발 자유화가 이루어졌을 당시에 교사들과 학교는 여러 고충을 겪었다. 20세기 청소년이었던 교사들도 그런 경험은 처음이었기에.

그러나 몹쓸 전쟁 같은 과도기를 지나온 현재는 격랑이 한결 잔잔해지고 상당히 정돈된 모습이다. 지금 10대들은 어린 사람들이기도 하지만 이 나라가 과거에 한 번도 겪어 보지 못했던 선진국 대한민국을 어릴 적부터 살아온 국민이기도 하다.

20세기에서 건너온 존재인 나는 그들에게 가끔 경이로움을 느낀다. 확실히 이들에게는 20세기 청소년들에게는 없던 고급스러움과 교양, 그리고 모종의 부드러움이 있다.

이 느낌은 현재의 나에게 이질감보다는 매력으로 다가온다.

집에 간을 놓고 온 소년 Q

"서, 서, 선생님······."

실제로 말을 더듬지는 않았지만, Q는 늘 그런 느낌으로 말을 걸어왔다. 확실하게 자신에게 주의를 집중시키는 것이 아니라 스윽 나타나 조심스레 말을 건네는 아이였다.
Q가 찾아오는 날이 점점 잦아졌다. 이유는 늘 같았다.

"제, 제가······ 집에······ 약을 놓고 왔는데 저는 그 약을 꼭 먹어야 해서요······."

그렇게 중요한 약이라면서 Q는 참 자주 약을 놓고 왔다. 부모님과 통화해 보니 약을 먹는다는 것 자체는 사실이었다. 하지만 그런 일이 반복되자 나는 그가 일부러 약을 집에 놓고 온다는 생각이 들었다.
고단수다.
그런데 편의점에 담배를 사러 가기 위해 담임에게 연기하는

건 아니었다.

"와…… Q야! 이거 몇 번째냐. 집에
놓고 온 게 혹시 약이 아니라 토끼
간이야? 아니, 무슨 약을 그렇게 놓
고 다니고, 가지러 가야 하고……. 너 사
실은 토끼지? 난 자라고?"

Q는 학교에 있는 시간 자체가 힘들지 않았을까.
Q의 사정을 좀 알아보기도 했지만, 딱히 따돌림이나 폭력을
당하지는 않은 것 같았다. 그러나 고등학생이 견딜 수 없는
것들은 어른이 견딜 수 없는 것들만큼이나 다양하고 복잡하
다. 그 견딜 수 없음이 꼭 자살, 자퇴, 폭행, 조현병 같은 하
드코어적인 형태로 귀결되지는 않는다.

돌이켜 보면 내가 Q와 나눈 대화라고는 이런 내용이 다였다.

"서, 서, 선생님, 제가 약을 두고 와서 그러는데……."

"찻길 조심해라. 내일은 외출 안 된다."

"서, 선생님. 제가 집에 약을……."

"뭐? 약? 두고 온 게 혹시 토끼 간이야?"

누가 조퇴하겠다거나 보건실 좀 가면 안 되느냐고 힘없는 표정으로 오면 나는 Q가 떠오른다. 오래전 학생인 Q의 이름 세 글자도 정확히 기억한다. 역병이 창궐하는 현 시국에 학생이 아프다 하면 머리카락이 쭈뼛 설 지경이다. 설렁설렁 토끼 간 농담 따먹기나 하던 그 시절이 그립다. Q는 이제 20대 후반일 텐데 건강하려나. 가오나시처럼 어느 순간 스윽 나타나던 Q의 건강을 빈다. 중년 선생인 나 자신의 정신 건강도 더불어 빌어 본다.

벚꽃 엔딩, 코로나 엔딩

데이비드 호크니 전시에 갔을 때 어떤 그림 앞에서 나는 깜짝 놀랐다. 〈와터 근처의 더 큰 나무들 또는 새로운 포스트 — 사진 시대를 위한 야외에서 그린 회화〉라는 긴 제목의 작품이었다. 제목만큼 길고 커다란 그림은 전원 속의 집을 그린 풍경화였다. 갤러리 벽 한 면을 차지할 만큼 커다란 그림의 주인공은 다름 아닌 시원스레 늘어선 나무들과 이국적인 느낌의 집이었다.

그런데 한참 바라보니 하단의 상당한 공간을 차지하는 나무 덤불에 눈길이 갔다. 문득 그 부분에 해당하는 캔버스들만 따로 떼어 놓아도 근사한 작품이 되겠다는 생각이 들었다. 그렇다면 물론 제목이 바뀌어야 할 테고 작품의 메시지도 달라질 것이다. 전체 그림과 달리 가시덤불로 가득한 거친 세계일 테니.

그림을 보면서 여러 가지 일로 고통스러웠던 나의 몇 년 전
이 떠올랐다. 한 달, 또 한 달이 지나고 계절이 바뀌어도 상
황은 좀처럼 나아지지 않았다. 제발 좀 끝났으면 했지만 생
각보다 긴 시간 동안 고난이 이어졌다. 두 번 다시 겪고 싶
지 않은 일이었지만 마냥 나쁘지만은 않았다. 감당하기 힘
든 일을 겪고 나니 그 후에 다가오는 소중한 사람들과 평범
한 일상이 얼마나 값지고 빛나는지 아주 생생하게 느낄 수
있었기 때문이다.

호크니의 가시덤불은 전체 그림에서의 역할도 중요해 보였지만 그 자체만으로도 아름다웠다. 그림에서 가시덤불 부분이 없다면 어떨까 상상해 보았다. '아름답다'기보다 좀 싱거운 느낌의 그저 '예쁜' 풍경으로 남지 않았을까. 앞으로 나의 직업적 삶과 개인적 삶에 되도록 어려움이 없기를 간절히 바란다. 하지만 매끄러운 인생이란 존재하지 않는 법. 삶의 울퉁불퉁함 때문에 괴로워질 때 난 뭘 어떻게 해야 할까. 잘 모르겠지만 일단 호크니의 그림부터 떠올려야겠다.

졸업식의 V

교문 앞 꽃다발 장사꾼, 살짝 흥분된 표정으로 교문을 통과하는 학부모님들, 곧 시작될 졸업식을 위해 강당으로 이동하는 학생들. 2월 초마다 되풀이되는 풍경이다.

보는 사람을 설레게 하는 그 진부한 소란스러움이 갑자기 사라졌다. 학생들이 각자의 교실에 얌전히 앉아 졸업식을 화면으로 본 다음 귀가하는 이것이 정말 졸업식이란 말입니까! 전국의 모든 교사와 학생, 학부모들의 감정이 비슷했을 것이다.

그날 오후 제자 V가 교무실로 찾아왔다.

"선생님 저 졸업해요."

V는 단정하고 아름다운 꽃다발을 건넸다. 특유의 정갈한 손글씨로 쓴 편지와 함께였다. 아 이 글씨체…….

2년 전 어느 날 오후 V가 학급비로 반 전체 간식을 주문하기 위해 쓴 메모를 봤다. 밀크티 업체 사장님에게 예약을 넣

기 위해 아이들의 요구 사항
을 모은 메모였다. 펄 추가
여부, 오리지널 펄인지 화인
트 펄인지 등등 다양한 선택
지별로 인원을 꼼꼼하게 정리한 그 정성스런 손글씨는 V를
꼭 닮아있었다. 보기만 해도 귀찮을 정도로 복잡하고 다양
한 선택지를 담은 글씨. 그 단정한 글씨에는 친구들을 배려
하고 주위에 긍정의 에너지와 온기를 불어넣는 V가 있었다.
그날 V가 건넨 메모를 나는 안 버리고 가지고 있기로 했다.
그 메모는 너무 V적이었기 때문이다. 단체 사진도 없어지는
마당에 그렇게라도 V를 기억하고 싶었다.

졸업한다고 찾아온 V를 꼭 안아주었다. 모든 것이 숨 가쁘
게 변하는 이 나라에서 혹시 이게 졸업하는 내 학생을 안아
줄 수 있는 마지막이 아닐까 하는 생각을 했다.

남의 집 귀한 자식

아이 낳았다고 해서, 부모가 됐다고 해서 꼭 이전보다 성숙해진다고 할 수는 없을 것이다. 하지만 아이를 낳아 길러 보니 '남의 집 귀한 자식'이라는 상투적인 표현이 100퍼센트 온 마음으로 이해된다.

확실히 그렇다. 아무리 보기 싫은 짓을 해서 보기 싫은 학생이더라도 그는 누군가의 귀한 자식이다. 내 아이가 귀하듯 저 아이도 누군가에게는 아주 귀한 존재라는 당연한 사실을 새삼 깨닫는 순간 내 직업이 대단하게도, 무겁게도 생각된다.

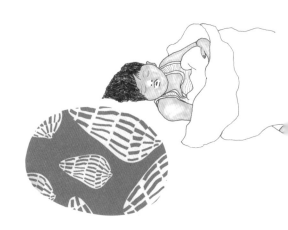

하지만 '저 아이도 세
살 때, 다섯 살 때는 참
귀여웠겠지? 곰 인형을
꼭 껴안고 잤을 거야.' 그렇게
생각하고 씩 웃으면 마음이 조금 가벼워진다.

각도 조절에 대하여

내 집에는 벽 한 면이 책장으로 된 아담한 서재가 있다. 어느 날 책상에 앉아 마주 보이는 책장에 꽂힌 책들을 보니 숨막히는 기분이었다. 저것도 읽어야 하고 이번 기출문제도 다시 점검해야 하고 바뀐 원격 수업 매뉴얼도 정독해야 하고……. 하도 답답해서 책장과 수평을 이루는 책상의 각도를 15도 정도 틀어 보았다. 여전히 책장의 책들이 다 보였다. 하지만 모든 책이 정면으로 보이지 않는 것만으로 부담감이 한결 줄었다.

다음 날, 한 아이가 수업 시간에 휴대폰으로 게임을 했다. 그런 상황에서 나의 대사는 늘 "휴대폰 하지 마라."였다. 하지만 그날따라

"휴대폰 이따 하자."라는 말이 나왔다. 그 이후 수업에 집중하지 못하는 학생들에게 "휴대폰 수업 끝나고 해라." "이따 하라." 같은 식으로 말하게 됐다. '명령'과 '부정'이라는 강한 요소들 가운데 하나를 빼 본 것이다. 휴대폰 사용은 안 되고 공부하라는 의미는 변함없으니 학생 입장에서는 그 말이 그 말이다. 하지만 휴대폰을 끄는 학생들 표정이 훨씬 부드러워 보였다. 각도 조절은 별것 아닌 것 같지만 꽤 도움이 되는지도 모른다.

라테의 무의식

출근길에 좌회전 신호를 기다리며

브레이크 밟고 있을 때였다.

창밖으로 등교 중인 교복 입은 고등학생들이 보였다.

씩씩해서 보기 좋아.

젊어서 좋겠어.

공부만 해도 돼서 참 좋겠어.

무의식적인 생각의 전개에 화들짝 놀랐다.

함부로 10대 오리엔탈리즘에 빠지면 안 되는데.

열여덟 열아홉이 1, 2, 3, 4, 5, 6, 7교시 수업을 듣기가

얼마나 힘든지 알면서.

사방에서 실시간으로 유혹을 받는 고등학생이

공부에 집중하기가 얼마나 힘든지 매일 보면서.

대학에 떨어질까 불안해서

좋아하는 선생님을 매일 찾아가는 J를 알면서.

20대에 살이 빠질지 확실하지 않아

틈나는 대로
복도를 빠르게 걷는 T를 매일 보면서.
그리고 10대라고
공부만 해도 되는 거 아닌데.
내가 그렇게 함부로 생각하면
안 되지.
그런데 다음 날
좌회전 신호 대기를
받고 있을 때
또 시작된다.
젊어서 참 좋겠어.
씩씩해서 보기 좋아.

교실의 중력가속도

소설 「예술과 중력가속도」에는 다른 행성에서 온 여자를 사랑하는 남자가 나온다. 현대 무용이 전공인 여자는 자신의 별에 비해 몇 배나 큰 지구의 중력 때문에 어려움을 겪는다. 아무리 노력해도 고향 행성에서와 같은 점프를 하기가 어려운 여자를 보며 남자는 안타까워한다. 하지만 우여곡절 끝에 여자는 결국 특수 비행선 안에서 무중력 무용 공연을 펼친다.

사랑하는 여자의 독특한 공연에 초대받은 남자. 몹시 설레는 마음으로 공연장에 입장하지만, 지구와 다른 중력 상태를 견디는 건 고통스러운 일이었다. 무용 공연에서 예술이 주는 감동의 파도를 느끼면서도 외계의 중력 때문에 그의 육체는 끊임없이 구토를 일으킨다.

나와 내 학생들이 이 이야기 속 인물들과 비슷한 처지라는 생각이 들었다.

뭔가를 가르치고 배우는 일은 가슴 떨리고 설렐 수도 있지

만, 종종 저항감을
유발하기도 하므로.

학생들이 집중하지 못하고 졸거나 떠드는 것은 일종의 구토인 셈이다. 10대 청소년에게 이질감 드는 지식의 세계로 들어가는 일, 낯선 세대의 세계관과 만나는 일은 쉽지 않을 것이다.

다행히 주인공 남자는 마지막 한 가지만큼은 토해내지 않는다. (그것이 뭔지 궁금하면 소설을 읽어 보시길) 또한 그 이야기는 비극이라면 비극이지만 희극이라면 희극이랄 수도 있는 묘한 방식으로 끝난다. 우리의 삶도 비극과 희극이 묘하게 뒤섞여 있듯이.

서로에게 외계 생명체인 우리, 낯선 존재에게 매일 말 걸고 뭔가 보여 줘야 하는 우리도 구토와 구역질 속에서 어떤 의미와 아름다움을 발견하길 바라 본다.

낯선 세상에 울렁거릴 때

정 샘의 여섯 가지 추천작

1. 나의 문어 선생님   크레이그 포스터 감독 ⋯ 넷플릭스 다큐멘터리 영화

낯설고 가혹한 현실에 지쳤다면 잠시 깊은 바닷속으로 들어가 보자.

남아프리카 바다의 문어 한 마리를 1년간 만난 관찰 다큐멘터리가

대체 나와 무슨 상관이냐고? 수많은 천적을 피해 살아남고, 다양한

먹이를 잡기 위해 고군분투해야 하는 문어의 생태는 어려운 시기를

견디는 지금의 우리와 닮았다. 문어가 촬영 감독과 아주 독특한

방식으로 소통하는 순간과, 엄청난 공격을 당한 후에 문어가

회복하는 방식이 다큐멘터리의 백미이니 놓치지 말길.

2. 나를 흔든 시 한 줄

정재숙 엮음, 중앙북스 ··· 시, 에세이

자기 분야에서 일가를 이룬 분들이 추천하는 시를 모은 책이다.

소개된 다양한 시들도 참 좋지만, 그 시에 얽힌 생생한 경험과

생각이 우리에게 큰 울림으로 다가온다. 마음이 이리저리 흔들릴 때

먼저 크게 흔들렸던 인생 선배들의 이야기를 가만히 들어 보자.

3. 주말엔 숲으로

마스다 미리 지음, 이봄 ··· 만화

어느 날 문득 시골에서 살기로 한 번역가 하야카와 그녀의 친구 두 명이 틈날 때마다 시골과 숲에서 할 수 있는 소소한 일들을 하며 자신과 삶을 돌아보는 잔잔한 이야기와 그림이 담긴 책. 급변하는 낯선 세상에서 속이 울렁거린다면, 천천히 흘러가는 자연의 흐름에 몸을 맡겨 보는 것은 어떨까. 당장 그럴 여유가 되지 않는다고? 그렇다면 『주말엔 숲으로』를 슬슬 넘겨 보며 자신에게 약간의 휴식을 주는 것부터 해 보길 추천한다.

4. 나는 고양이라고!

사노 요코 지음, 시공주니어 ··· 그림책

고등어를 좋아하는 고양이는 어느 날 황당한 일을 겪는다. 조금 전까지 상상도 할 수 없던 일이 펼쳐진다. 공포에 질린 고양이는 도망 다니지만, 상황은 나아지지 않는다. 고양이라서 좋아하는 고등어를 먹은 것일 뿐인데 이렇게 공격당할 일이란 말인가. 고양이는 어떻게 되었을까. 그리고 힘든 시기를 겪는 우리는 어떻게 될까. 한 손에 들어오는 얇은 그림책을 보면서 잠시 한숨 고르는 시간을 가져 보자.

5. 내과 박 원장

장봉수 지음 … 웹툰

'내가 꿈꿨던 건 이게 아니었어. 하라는 대로 최선을 다해 열심히 산 대가가 고작 이거라고?' 마포대교를 바라보며 현타를 맞고 헛웃음을 날리는 내과 의사 박 원장. 나를 둘러싼 현실의 각박함에 지친다면 그를 만나 보자. 고통스러울 때 가장 좋은 해결책은 고통을 없애는 것이겠지만 그게 불가능하다면? 나만 고통스러운 게 아니라는 사실을 확인해 보면 어떨까. 나 힘들어. 너도 힘들다고? 우리 다 힘들구나. 그 가운데 아주 작은 웃음과 행복의 순간을 포착할 수 있다. (원작 웹툰의 인기에 힘입어 드라마로도 제작되었다.)

6. 애욕의 한국소설

서귤 지음, 이후진프레스 … 만화

새로운 규칙, 온갖 낯선 것들에 지칠 때 익숙하고 귀여운 것들로 잠시 도피해 보는 것은 어떨까. 이 책은 유명 한국 소설들을 서귤 작가의 유머러스하고 귀여운 그림으로 소개한 서평 모음집이다. 거친 근현대사 속에서도 자기만의 욕망을 풀어내려 고군분투한 소설 속 인물들이 우리의 어려움을 보면 뭐라고 조언해 줄까. 표지 그림을 보면 이 책의 분위기를 단번에 짐작할 수 있다. 낯선 듯 익숙한 한국 명작의 세계로 풍덩 빠져 보자. 그리고 그들의 고난과 애욕, 인생을 엿보자.

낯선 세상에 설렐 때

정 샘의 다섯 가지 추천작

1. 수영하는 사람들   매들린 윌러 지음, 에이치비프레 ··· 사진집

여행과 놀이의 자유가 제한된 이 시절도 영원하지는 않을 것이다. 곧
여기저기 누비고 다닐 생각에 설렌다면 수영장을 상상해 보는 것은
어떨까. 이 사진집은 런던의 한 동네 수영장을 드나드는 사람들을
독특한 방식으로 담고 있다. 수영하는 사람들의 평상복 차림과
수영복 차림을 교차한 편집이 색다른 울림을 준다. 우리는 누구나
밖으로 보이는 모습과 다른 내면의 모습이 있다.

이 흥미로운 사진집을 넘겨 보며 힘든 시절이 끝났을 때의 내 모습을
상상해 보자.

2. 빅 피쉬

팀 버튼 감독 ⋯ 영화

성향이 달라도 너무 다른 두 존재의 이야기다. 진실과 사실을 중시하는 저널리스트 아들은, 늘 새로움과 모험을 추구하고 다양한 사람들 사이에서 행복을 느끼는 사업가 아버지를 이해하지 못한다. MBTI별 상극의 좋은 사례가 될 법한 이 관계에서 아들은 괴로워한다. 그러다가 자신이 미처 몰랐던 놀라운 사실을 뒤늦게 알게 되는데⋯⋯. 도저히 이해할 수 없을 것 같은 낯선 존재에게 느끼던 울렁거림이 설렘과 이해로 바뀌는 놀라운 이야기 속으로 들어가 보자. 원작 소설도 좋지만, 팀 버튼의 영화를 먼저 보길 추천한다.

3. 어떤 물질의 사랑
천선란 지음, 아작 … 소설

이 작품은 "내 인생의 첫 난제는 내가 여성이냐, 남성이냐는 거였다."라는 문장으로 시작한다. 예전에는 당연했던 것이 당연하지 않게 되고, 나 자신마저 낯설어질 때가 있다. 그럴 때 우리는 당혹스러움과 두려움을 느끼기도 하지만, 한편으로 새로움에 대한 호기심과 설렘을 느낄 수도 있다. 낯설어진 자기 자신, 낯설어진 세계에 말 건네고 사랑하고 이별하는 이야기를 읽으며 두근거려 보자. 낯선 이야기에서 그리움, 애틋함을 느끼는 진귀한 경험을 하게 될지 모른다.

4. 문어
김동식 지음, 요다 … 소설

김동식 소설을 한 편도 안 읽은 사람은 있겠지만, 한 편만 읽은 사람은 없을 것이다. 놀라운 흡인력으로 쉽게 읽히는 이 짧은 SF 소설의 내용은 우리 자신의 문제로도 다가와 한참 생각에 잠기게 한다. 최근 몇 년간 우리는 코로나 19 때문에 당황스러움, 공포감, 분노 등 다양한 부정적 감정을 느껴 왔다. 동시에 새로운 시도와 상상력의 수준도 발전해 왔다. 낯선 세계에 대한 극단적 울렁거림이 잦아들었다면 새로운 세계를 적극적이고 구체적으로 그려 보자. 물론 김동식의 무시무시하게 재미있는 소설책을 읽는 것부터 시작이다.

5. 애린 왕자
앙투안 드 생텍쥐페리 지음, 이팝 … 소설

『어린 왕자』가 익숙한 우리에게 경상도 말로 번역한 『애린 왕자』는 낯설고 신선하다. 조금 들여다보자면 이런 식이다. "'저기…… 양 한 마리만 기레도…….' 기가 맥혜도 이게 쎈 느낌을 주모 감히 거절을 몬하는기라. 그래가 사막 한 가분데 저승사자가 눈앞에서 손짓하는 판국에 참말로 멍충한 짓거린가 싶다가도, 호주미에 종이캉 만년필 꺼냈다 아이가." 『어린 왕자』를 표준어가 아닌 경상도 말로 번역해서 읽는 것이 정답이라는 생각이 들 정도로 인상 깊다. 책 제목이 장난스럽게 들려 웃으려고 가볍게 시작했는데, 읽다 보니 눈시울이 뜨거워졌다고 고백하는 독자가 많다고 한다. 황량한 곳에 불시착한 화자와 어린 왕자의 다정한 대화를 읽으며 내가 나아갈 세계와 인생에 대해서도 생각해 보자.